눈의 저쪽

이 사 철

시와소금 시인선 · 055

눈의 저쪽

이 사 철

시와소금

그날이 오면 좋겠다

그날이 그날을 버리고 그날과 함께 왔으면 좋겠다

내가 그날이

그날의 풀꽃이 되어

그날의 그날에게 밟혔으면 좋겠다

| 차례 |

| 시인의 말 |

제1부 헛손질

고통 —— 013

헛손질 —— 014

보시 —— 015

감자탕 —— 016

곁눈질 —— 018

회고록 —— 019

마니산 —— 020

처소 —— 022

지각생 —— 023

'를' 또는 '에서' '으로' —— 024

차마고도 —— 026

기억의 고집이 크는 —— 027

둥근 것이 당긴다 —— 028

하피첩 —— 029

제2부 소소

봄꽃 —— 033

길상사 —— 034

능청 —— 035

안부 —— 036

소소 —— 037

낙엽 지는 소리 —— 038

패랭이꽃 —— 039

자작나무 —— 040

배롱나무 —— 041

감 잡았어 —— 042

자박자박 —— 043

적요 —— 044

설레임 —— 045

가을 —— 046

제3부 여기, 왜, 페루, 안데스 여자

기찻길 옆 —— 049

묵호 —— 050

드난살이 —— 051

주홍글씨 —— 052

눈의 저쪽 —— 053

영자는 가고 —— 054

급한 일 —— 056

혈액형 —— 057

매달 목 졸리는 —— 058

통리역 —— 060

나는 —— 062

여기, 왜, 페루, 안데스 여자 —— 063

주유소酒有所 —— 064

제4부 껍데기

굴레 —— 067

맞선 —— 068

순응 —— 069

자화상 —— 070

고부 —— 071

껍데기 —— 072

라온하제 —— 073

생인손 —— 074

흰 고무신 —— 075

소똥구리 —— 076

해설 | 전기철

여백을 걷는 소 한 마리 —— 078

제 **1** 부

헛손질

고통

꽉 물었습니다

놓아주지 않았습니다

진주가 되었습니다

헛손질

모기 한 마리 잡기 위해
오현 스님의 '마음 하나'를 힘껏 내리친다

무산은 표정이 없는데
'시인 생각'의 이마만 시퍼렇게 멍이 든다

보시

내 피를 빨아먹은 모기를 숯불에 구워먹는다

목구멍에서 목탁소리 들린다

부처님의 내밀한 살점이다

감자탕

네가 먹은 뼈다귀 삼삼하다, 감자는 거짓이고
찢어진 나발,
그 나발에서 어제 마신 술이 뼈를 뚫고 명치를 찢어버려,

전기톱 돌아가는 소리 요란스럽게 나고
멈칫하다가, 매끈하게 잘려나간 등뼈의 한쪽이
허옇게 드러나겠지, 살은 조금 붙어있고

거참!

윤년 윤달 윤 오일에
귀여운 놈 거세했던 모습을 떠올려보면
그냥 소금 한줌으로 쓱쓱 비비고
말았던 그 일

젓가락으로
뼈 속이 궁금해서 자꾸만 깊이 들이밀었더니
부장품은 이미 도굴되었다 하고

국물만 주르르, 거참

짧은 생 달려오다 마지막 숨 끊어지는 소리

둥근 냄비 속에서 출렁거리다

땀을 뻘뻘 흘리면서

목에 걸린 멱의 빗장을 풀고, 흐뭇이

곁눈질

내 눈알을 알코올에 헹구러 가야겠다
도수 높은 술독에 담가서

세상 못 볼 것을 다 본 내 눈알에게
다시는 고개를 돌리지 말고 한눈팔지 말라고
엄하게 나무라고

마지막으로 천일염에 푹 절여야겠다
못도 박아둬야겠다

돌리지 못하게
굴리지 못하게

회고록

꽃은 북으로 피고, 단풍은 남으로 지네

마니산

하늘 파랗고 공기 시원한 차림으로 꿈틀대고 해국이 거짓 없이 핀다는, 섬에서 자라 섬에서 일상처럼 높게 뉘었던 날개가 그곳으로 날아가 힘을 잃을 때까지 돌의 가슴에 뿌리 자라 숲속 어두운 그림자를 쿡, 쿡 찍어낸다 그런 순서로 여러 가지 일들이 모두 이유가 있다는 듯 자라다 사라져간다 촛불도 약간의 일렁임으로 어둠의 깊이를 가늠하면서

늘, 감소고우

그 시간 친근한 이웃 삼촌의 귓불에서도 비릿한 꽃 한 송이 피었다 지고 길 떠난 아버지가 더 그리워지는 순간만 반복된다 허리를 구부리는 것이 오류를 줄이는 일이지만 뻣뻣한 것에 대한 정당성을 부여받으려고 오류를 택할 수밖에 없다

적막이 흐른 후 여럿 앞에 꼬리 잘린 별들이 뿌려놓은 얇은 지느러미들이 파닥였다 움직임이 힘을 잃을 때쯤 제주가 길쭉한 씨앗 몇 개를 술잔에 던졌던 것이 오늘날 물고기의 근원으로 회자되는 꾹, 꾹의 시작이 되었다

근이청작

　마감 시간 상아가 부러지고 눈이 움푹 파인 빈집 돌쩌귀의
가시 돋친 울음이 거세다 흐릿한 불빛을 지나 도축장에서 걸어
나오는 소, 소의 양미간 같은 밤, 등 뒤에서 낡은 비염소리 여럿
이 다가와 입구가 닫혔다면서 외친다, 이때 불에 덴 가계도가
비천상을 따라 하늘로 오르자 하얀 문이 열리고

　존헌 상,

　향

처소

　내성천 돌아 도산서원 거기 선생님 계셨네 주무시던 방도 있었네 그건 관이었네 거기서 밤마다 옷 갈아입는 연습하셨네 나도 한번 내성천 베개 삼아 누워보고 싶네 천 원짜리 품을 때마다 그 감옥 속에 눕고 싶네 관 뚜껑 못 박기 전 지는 노을 그물그물 허리에 감고 선생님처럼 여여하고 싶네

지각생

　천천히 걸어라 더 천천히 걸어라 영혼 없이 걸어라 어깨 축 늘어뜨리고 앞만 보고 걷다 보면 학교가 보이고 교문이 보이고 교실이 선생님이 급우들이 책상이, 가방을 벗는 순간 사라진 영혼이 헉헉거리며 돌아와 네가 가장 너른 벌판이나 절벽 위에 홀로 서있다는 것을 알려줄 것이다 시위는 정직하지 않을 수 있지만 활은 정직한 것이다 너의 존재가치와 지각의 이유가 활 속에서 꿈틀거리기만 하면 되는 것 아니겠느냐 천천히 걷고 또 천천히 걸어라 그리고 지각하라 그러면 새로운 천년이 오고 지각한 너를 만날 것이다

'를' 또는 '에서' '으로'

우리가 어디로 돌아가는지 모른다 지구가 스스로 돌아가면
서도 모자라 태양주위를 돈다는 얘기만 들었지 돌아가는 것과
돈다는 것, 어느 날 TV 앞에서 숲을 보고 안다 버드나무 아래
를 훔쳐보고 알았다 늦은 눈을 뜨고 난 후 안다 땅이 무엇으로
부자가 되었는지도 밤을 통해 안다

잠자리 유충은 올챙이를, 개구리는 잠자리를, 뱀은 개구리를,
너구리는 뱀을, 진드기는 너구리를, 땅은 진드기를 뼈 채로,
그리고 또 다른, 거미는 참새를, 참새는 파닥이다 겨우 벗어나
은신한다. 후각이 발달한 그가 거미줄마저 거두어가는 날도
돌아 가는 쪽에 속한다

처음부터 그런 식으로 여기까지 온 길고 둥근 사슬, 기둥은
없어도 된다 나무 밑에서 뱀이 마지막 독을 뿜는 것을 끝으로,
너구리가 길에서 또는 작두콩 담장을 감아 도는 것을 끝으로,
늪에서 잠자리 유충이 열개선裂開線을 벗어나는 것을 끝으로,
개구리가 마지막 점프를 끝으로, 담장 옆 으슥한 곳에서
진드기가 흙냄새를 끝으로, 땅이 또 참새가 파닥임을 끝으로

하나같이 거두어져버린다

둥글게 원을 그리며 그들만의 주위를 몇 바퀴 빙빙 돌다가

힘센 것들이 순차적으로, '를' 또는 '에서' '으로'

차마고도

옌징鹽井에 갇힌 암나귀 한 마리 란창강瀾滄江 벼랑에서 우네

기억의 고집*이 크는

오늘 아침 달리는 약간 물러터진 겨울딸기 예닐곱 개에 수제 요구르트 한 사발, 개 혀처럼 흘러내려 너덜거리는 한 개의 반안 야*로부터 출발하였다, 눈 내리는 곳에서

곡비哭婢가 아니니 그렇게 출발해도 허기질 일 없다, 거기에다 약간쯤, 치즈 한 넙데기에 들기름 한 숟갈과 비등점을 막 넘긴 붉은 오르가슴 한 되가옷, 토마토 하나에 수탉의 울음 두 홰 정도면 능놀던 아침 해를 서쪽으로 몰아내는 데는 기억의 고집 이 안성맞춤이라는 생각이 든다

아, 마늘만을 마늘 한통 더

글피 아침에도
그글피 아침에도
도망가던 개 혀들이 팔 잃은 새의 밥상으로 또 몰려들 것이 다, 눈 내리는데

---

* 기억의 고집 : 스페인 출신의 초현실주의 화가인 살바드로 달리의 가장 유명한 작품명이다.
* 반안아 : 바나나를 달리 표현하였다.

둥근 것이 당긴다

바다에서 긴 뿔이 달린 사슴 떼가 몰려나올 것만 같은,
날 아침
신문, 허벅지에 앉아 아래위로 훑어 내려가다가
깜짝 놀라 바라본다
어느 그림전시회에 출품된 둥근 부분
날마다 본 것이라 금방 알아차릴 수 있는,
나야 이미 잘 알고 있어 그렇다 치지만
그는 어떻게 그 둥근 부분을
내가 바라보는 관점에서
새들의 울음보다 더 절묘하게
이미 오래전부터 마치 자기 것이었다는 듯
몰캉몰캉, 둥글게
그렸을까
둥근 것이 눈요기를 시켜주는 순간
신문지가 드러눕더니
말랑말랑, 나를 끌어당긴다
힘없이 끌려가는
우둔이 침을 흘린다

하피첩

청상 아내의 하루가 간다

십팔 년간 흐느끼며 간다

범벅 속처럼 뜨겁게 간다

꽃 두 송이 어미 따라간다

굽은 아내 다산 따라간다

제 **2** 부

소소

봄꽃

아! 저 현란한 허공을 향해

팔을 뻗는 파가니니

현 없는 4월

무정부주의자들의 반란 속에서

무채색 선율로 내려앉는

홍학 한 무리

길상사

흰 당나귀 응앙응앙 우는 소리 들으러 절 입구에 선다 삼수갑산으로 갔던 인기척이 저 아래서 어스름 한 소쿠리 짊어지고 양떼 한 무리와 같이 도착하고 있다 눈길 한번 주지 않고 절로 들어간 양떼들, 업이 한 뼘 정도 자랐을 때쯤 대웅전에 불이 켜졌다 꺼진다 나타샤의 웃음소리 간간히 새어나와 총총 뭇별로 자라는 밤, 삼존불만 대웅전 안에서 일렁이고 있다 굳고 정한 갈매나무*가 서 있는 마가리에서 부처님 귓불크기의 화엄이 곧 열릴 것 같아 마음 졸이는 밤은 더디게 흘러가고, 설익은 풍경소리만 비스듬히 누워 뽈 긴 별의 가슴 한쪽을 어루만지고 있다

* 굳고 정한 갈매나무 : 백석 시인의 시 '남신의주유동박시봉방南新義州柳洞朴時逢方'에서 빌려온 것이다.

능청

지난밤

꽃 한 송이

내 품에 왔다가 갔다지요

난 그것도 모르고 잠만 잤네요

안부

복어 잡다

복어 잡다

개나리꽃 지고 복사꽃 엉덩이 좌우로 실룩거려 산 비알
환하게 밝아지는 날

복어 잡다

복어 잡다

너의 꽃그늘 점찍는 눈썹 짠한 모습

징허게 복어 잡다

소소

소가 소를 들여다보며 물을 마십니다

소에 소의 눈이 비칩니다

하늘도 소에서 소를 쳐다봅니다

소는 소가 되었다가 소가 되기도 합니다

낙엽 지는 소리

그대가 그리운 날
창밖에서 누가 나를 부릅니다

내다보니
따뜻한 햇볕 한줌에
낙엽지는
소리 한 아름 서성이고 있습니다

패랭이꽃

엄마

윤슬에 빛나는 시냇물입니다

앞니 빠진

갈가지

웃음소리 들립니다

자작나무

너무 하얗다
백

그 뒤가 또 하얗다
곰

그 뒤에
뒤에 하얀 게 또 있다

자작자작
나무 한그루에

종
아
리

둘

배롱나무

높고 정한 하늘이 졸음 훔친 뒤

만지작거리다가

남겨둔,

발가벗은 채

마음만 스란치마 입고 서 있는

저 여인

감 잡았어

감 잡았네
감 잡았어
아내가 한 말 뜻
한참 후에나 알아듣고서
감나무 한그루 오만 원 주고 잡았네
잡은 감
큰 것만 다 세어보니
일곱 접

황소불알 육백 개 남았네

자박자박

나박나박 썬 무 위에

노란 줄, 참가자미 몇 마리 얹었습니다

삼삼하게 지져서

밥 한 공기 뚝딱 해치울 수 있게 했습니다

극락인 줄 알았다고 하네요

적요

숨 차오르는 밤

가녀린 촛불 하나 일렁입니다

창가에

그대 오셨나 봅니다

설레임

햇빛이
나뭇잎 사이에서
살랑
꼬리치고 숨는다

바람이
가만있는
사람
툭 건드리고 도망간다

이 봄날
누가
나를 수습하리

가을

간밤에 은행 턴 놈 어떤 놈인지는 몰라도
아침에 창문을 여니

그 놈,
노란지폐 마당에 다 흩어놓고
똥만 한 버럭 싸고 갔네

제 **3** 부

여기, 왜, 페루, 안데스 여자

기찻길 옆

철길 너머 지붕 빨간 함석집이네
옛날에 아이 많던 집
새벽 두시 기차가 지나갈 때마다
술술 들어선 집
경적소리에 놀라 술술 나온 집이네

석탄가루 먹으면서 아이들 자랐네
콧구멍 새까맣게 자랐네
지금도 그 집에선
새벽 두시 기차가 경적소리 울릴 때마다
만사가 술술 풀린다고 하네

어른 된 것들 반질반질하게 드나들어
콧구멍 새까맣던
그 집
아직도 거기 서있네

묵호

오징어가 부아를 내다 검은 불빛을 토악질한다

비틀거리는 퀴퀴한 내음, 초고층 아파트를
몽롱하게 비껴본다

큰 배 타고
누군가가 여기 온
아낙의 밤이 그리운 날이다

밤새 오른쪽 등대의 가는 핏줄 터져 먼 바다까지
물든 새벽이면
흔적도 없이 서울로 돌아간 아파트들

그 빈자리에서
아주 키 작은, 주름든, 따개비 졸음
바지춤 암묵호, 치맛단 수묵호
주섬주섬 추스르며

횟대로 기대선 채 점호중인, 비탈이다

드난살이

전세가가 왜 자꾸 올라가는지 모르겠다
28평짜리에서 쫓겨나 21평짜리로 온지 2년이 채 안되었는데
7평이나 양보해줬는데
또 2,000만 원 올려주던지 아니면 나가라고 한다
가진 자의 특권이라나
헌법이 부여한 재산권행사라나 뭐라나
난곡이 재개발되면서 오갈 데 없는 집들이 늘어났다 하지만
숨통이 조여 오고 목구멍에 피가 선다
쫓기다 보면 아이들은 다 자라 어른이 되겠지만
공동묘지 옆에 움막 짓고
남의 집 시묘 살이 할 날이 머잖은 것 같아 두렵다

계약기간 만료일이 독촉장처럼 날아드는 드난살이

주홍글씨

집으로 가는 길은 온통 꽃밭이다
모두가 벌과 나비에게 강간당하는 꽃들뿐이다
더러는 목이 잘리고
더러는 목이 꺾이고
더러는 팔이 잘리고
더러는 팔이 꺾이고
그래도 우는 꽃은 하나도 없다

이웃집 아들도 그 많은 꽃들 중의 하나다
목이 꺾인 채로
발이 잘린 채로
어느 여자가 아랫도리를 비틀고 말았다
억센 가랑이 하나에
비게 다섯 근
울 수 없는 꽃밭이 거기 있었다

* 53쪽과 함께 본 작품은 2016년 계간 《한국동서문학》 가을호에 게재된 시를 부분 수정하여 실었다.

눈의 저쪽

창살 너머가 눈의 저쪽이다 노란색에 붉은색이 겹쳐져 있는 외투를 걸친 58병동이라는 표찰도 저쪽이다 간간이 돌쩌귀가 삐거덕거리는 것을 빼고는 누구도 그 속에서의 존재감을 인정받을 수 없다 살갗은 검고 휘어져있다 바람이 불규칙하게 불어와 뼈는 차갑고 무겁다 정지된 구름이 하늘을 짓누르는 날에는 울먹이고 싶어져도 참아야 한다 눈의 저쪽에 우리 집 힘센 사람이 세 들어 있고 내가 그 옆을 배회하고 있지만 이 사실을 아는 사람은 전기톱으로 무엇이든 그어대는 여자 하나뿐이다 불을 꺼야 할 시간이 다가오면 괴성을 지르는 사람에, 허공을 향해 두 손 싹싹 빌면서 애원하는 사람에, 첫발도 명중이고 두 번째 발도 명중이라고 작은 깃발을 높이 처 들고 외쳐대는 사람에, 망루에 서있던 교도관을 끌어내리는 시늉을 하는 사람에, 놀란 아내가 방바닥을 기어 다니다 밖으로 나가면 나는 오늘 몇 알의 알약을 먹어야 하는지를 생각해 본다 하루에 한번 벽을 향해 물구나무 서는 것도 잊지 않는다 그러다 먼 산을 물끄러미 바라보면서 사람에게도 거꾸로 선 그늘이 있다는 것을 알 듯 말듯 하다가 그림자와는 어떻게 다른지 구분할 수 없을 때쯤 멈칫, 멈칫, 노을빛 속으로 걸어 들어가는 첫 번째 사내가 된다

영자는 가고

지나갑니다

해 지는 사창고개 넘어
서부시장 뒷골목 지나갑니다

길모퉁이 서울옥
아직도 거기 있습니다
간판도
문패도
모두 그대로입니다

엉덩이 실룩 어깨 들썩거려야 할 시간
사천왕보다 큰
거미 한 마리 대문 앞에 법륜처럼 막아 서있고
내 신분증 보관하던
그 마담에
그 꽃띠들

다 어디가고 썰렁합니다
삼십년 전
젓가락 장단 니나노도 가고
오늘은
줄무늬 빤스에 허공만 매달려 있습니다

급한 일

따뜻하다 누가 덮혀놓은 걸까 아무도 없는 곳에 오직 나 하나뿐, 구불구불 능선이 물결친다 토렴한 콩나물이 박자 맞춰 둥둥 춤을 추는 따뜻한, 그것은 물보다 약간 가벼운 무게의 머슴 하나 가졌다 그것은 육신이 누르는데도 조금도 싫어하는 기색 없이 자동차 소리 바라보며 웃는다 거기 그것이 있어 지난밤 혹사당한 위장이 쿡쿡, 시원타를 연발한다 그러자 갈 곳 잃은 카타르시스 한 다발 다가와 와락 안긴다

혈액형

자장면이 더 맛있을까
짬뽕이 더 맛있을까
고르다가 하루가 간다
자장 같은

짬뽕 같은
하루가 또 다가온다면
생각다가
생각다가 그냥 굶으리

매달 목 졸리는

오늘은호주머니속에천원짜리세장이천부나다오직도퇴직은말년
반이나남았는데벌써호주머니가텅텅비다나요며칠사이에아내
로부터전화가없는걸보니이번달에도내가쓴돈은이아내의얼구리
예끼를철철흐르게한
모양이다모든것을네
맞으로돌리기에느다

소여을한번이없는것은아닌데자동차는기름을먹어야굴러가고
나도물을먹어야그런대로굴러가고제도라라사봐아치매에걸리
지않고경조사도챙겨야부메랑이되고뭐그런지지부리한것들이

대부분이다소시민의삶이다그
린것이아니겠는가통크게돔써
통가서분냅세한번이라도말아

본죄없어맞맞하지만아내가그렇다면그런거지그지그런거다조
금이라도슨소리들음만한것이있다면들어도쌔다벌어도벌어도
없어지는자리에제그자리에서내려오고도록적어내느기계들이가

잇던자리에설치하고싶

다오늘도돈나무이파리

세장이전부라니그이파

리세상이호주머니속에서아내의토탁한목소리를기억하면서파

르르떨고있는데쩔쩔매던쇠째리문자도우미건드린줘칢도내라하고

하이페스카드도처면저밤사달라고조른나이쌓게하면좋아

통리역

흰 연기의 기차는 오지 않고
비만 주룩주룩 내린다

우산 속이 비어있는데도
기차는 오지 않고

저 멀리 산이 우는 소리에
옆구리가 시려온다

오지 않는 기차가
지나간 지 꽤 오래된 것 같다

기적을 난도질한 비가
작은 우산을 흔들어대는데

더 이상 기차는 오지 않고
산마루만 땀을 흘린다

떠난 사랑은 다 기차인 것을
비에 젖은 신발인 것을

나는

주머니에
아킬레스의 손이 두 개인 나의,
나는
마이너스의 건腱

수렁에 넘어져버린,
구린 돈에
사임당도 더러 접견하는
플라스틱의,

나는, 나의, 내 것은
더 이상
자랄 수 없는 몸이다

여기, 왜, 페루, 안데스 여자

여기, 왜, 페루, 맨발의 고산족 여인 풀밭에 앉아 아이 셋과
허리끈 엮여 있는가 작달막 뚱뚱 펑퍼짐, 검고, 눈빛 붉어,
그녀의 등 뒤가 그렇게 무겁다는, 우리는 서로 마주보면서 희한
한 것들로, 안절부절 해 하며 말을 걸어도 돌아오는 것은 그저
바라봄뿐이다 길 가던 구름도 잠시 참견해보지만 하품만 팽팽
하다 시계의 초침이 우익에서 좌익으로 넘어가는 사이 갑자기
알파카가 어떻게 이 높은 곳을 오르는지 우리나라에는 왜 이들
이 없는지 인터넷을 뒤져보고 싶어진다 여기에서 바람은 여당
일까 야당일까 그것도 궁금하다 이 척박한 곳에 감자가 살고
있는 것의 의미는 또 무엇이며 감자도 숨이 찰까 안 찰까 감자
는 왜 여기를 고향으로 정했을까 그리고 라마는 왜 알파카와는
다르게 생겼을까 함께 산을 오르는 이유는 무엇일까 같은 먹이
를 먹는 것도 왜, 다시 고산족과 우리는 어떻게 다른지 점점
미궁으로 빠져들 때쯤 그 이유를 물어볼 틈도 없이 또 하나의
작달막한 여자가 깡마른 남편처럼 붉은 눈과 감자의 운명을
짊어지고 우리 옆을 지나가고 있다

주유소酒有所

천곡동 로또가게 옆엔 주유소酒有所가 있다 기름 떨어져 앞으로 나가지 못하는 사람들 로또가게에서 옆으로 온다 이곳은 로고춘주도 넣어주고 천일취도 하게하는 풀 섶 주유소酒有所다 바로 출발하는 사람도 있지만 급발진이 싫어서 워밍업 하고 출발하는 사람들이 더 많다 워밍업 했는데도 출발이 더딘, 여기 거쳐 간 사람들 모두가 가성비 잊지 못해 수시로 이곳에 와서 기름 넣고 간다 기름 값은 고통보다 조금 비싸지만 비싸다고 말하는 사람 없다 이곳 전화번호는 5,33-1255다 누가 지었는지는 이름 하나는 잘 지은 것 같다 전국에 이런 이름 가진 곳이 수도 없이 늘어나 같은 기름 넣고 출발하는 사람 많았으면 좋겠다

로고춘주露膏春酒 천일취千日醉
세상의 엔진들이 멈추지 않는

제 **4** 부

껍데기

굴레

슬픈 추억밖에 남아있지 않은
가난한 시절
올챙이국수 한 그릇

할머니는 그해 내내
겨우 두 그릇만 드시고 가셨다

맞선

눈썹그림은 왜 일자인가

콧구멍은 왜 삼각형인가

쌍꺼풀은 왜 없는가

머릿결은 왜 붉고 가는가

손바닥은 왜 노란가

이런 저런 이유로 퇴짜 맞고 돌아오는 길

땅바닥에 누워있던 은행잎 하나가

나를 바라보며 하는 말

'괜찮아, 나도 너와 같은 걸'

순응

어머니는
감자셨다
노란꽃 감자셨다

울퉁불퉁
두루뭉술

어머니는
자꾸 옆에서 옆으로
여물어가셨다

쭈글쭈글
자글자글

나도 그렇게 닮아간다
노릇노릇
돼지감자로

자화상

달구지 끄는 소
목덜미에 큰 혹 나있다
아버지도
한때 그러셨다

콧구멍 큰 소
뜨거운 김 몰아쉬며
가다섰다
가다섰다 한다

고부

백년 넘은 간장항아리 속을 들여다보다가
일그러졌다 펴졌다 하는 얼굴 옆에
또 다른 얼굴 하나 일렁이는 것 보고
화들짝 놀란다

할미꽃 둘 가슴 속
속치마 주름 같은

성에꽃

껍데기

엄마는

자죽염 집 파쇄공

20년 만근滿勤이

쇠망치로 허공을 내리칩니다

손끝이 부서집니다

손바닥이 논바닥이 됩니다

우리 일곱 남매 모두

당신의 손목 하나로

먹물 먹었습니다

라온하제*

　담장너머는 세든 집, 그 집 담장 넘으면 우리 집 아이 셋 흙벽에 기대어 미린다를 마시고 있네 아이 입으로 오는 봄은 달콤하다네 콧물 흘러내리면 '쪽' 하고 빨아먹어도 된다네 팔소매로 닦아도 말리는 사람 없네 여기에서만은 그래도 된다네 신들도 그렇게 하고 갔다네 키 작은 담장 위에서 봄이 등 뒤에 숨은 단발머리 냉이 꽃 같아 좋다네

* 라온하제 : 즐거운 내일이라는 뜻이다.

생인손

　아이가 두 살 때 돌아가신 어머니는 무슨 곳집을 이고 가셨을
까 아마도 꽃집은 아닐 것이다 전쟁이 끝나고 얼마 되지 않은
때였는데 꽃집 만들 여력이나 있었겠는가?

　짐작컨대
　어머니는, 까무잡잡했다던 아이 어머니는
　키가 작달막하고 말대꾸가 많았다던,
　하지만 아픈 손만큼은 숨기고
　서쪽에서 조용히 다가온
　남편의 상처喪妻를 타고 갔을 진저

흰 고무신

열일곱에 꽃가마 타고 시집와서
나이 칠십여덟
남편 떠난 지 이십팔 년인데

육 년 전 돌아가신
호랑이 시아버지 시어머니가
보고 싶다

아직도 댓돌 위에
흰 고무신
두 켤레 나란히 올려놓고

아침마다 문안드린다

소똥구리

여름날 풀밭에서 큰 지구 하나
두 팔과 다리가 밀고 당기며 굴러서 간다

초등학교 자연수업 이후
처음으로 목격하는 69동체 실습 본다

넋 놓고 한참을 보다가 그냥
발길 돌릴까 하는데 하늘이 째려보기에
경배하고 일어선다

내 종아리의 물컹한 살과
가슴이 반달처럼 흘러내린 아내의 하루가
풀밭에서 둥글게 멀어져가고 있다

여백을 걷는 소 한 마리

— 이사철 시집, 『눈의 저쪽』

전 기 철

여백을 걷는 소 한 마리
─ 이사철 시집, 『눈의 저쪽』

전 기 철
(시인 · 문학평론가 · 숭의여대 교수)

1

인생을 하나의 긴 여정이라고 본다면 어린이의 시기는 씨앗
이나 새싹과도 같다. 아직 사회적 자아로 성장하기 이전인 순
수 자아는 자연과 연결되어 있으며 원초적인 미적 체험을 한다.
그러기에 동심은 우리의 삶에서 원형적인 에너지를 갖고 있다.
그 에너지는 신비의 묘약처럼 치유력을 가지고 있으며 신생의
활기를 만들어낸다. 동심의 천진무구는 논리나 이성으로 길들
여지기 이전에 우리가 자연으로부터 받은 보물이다. 노발리스
가 "아이들이 있는 곳엔 어디에나 황금시절이란 게 있다"고 말

한 이유도 동심에는 순수함의 결정체로 한 인간의 고유한 존재감을 온전히 드러내는 힘이 있기 때문일 것이다. 그런데 삶이라는 길고 긴 여정에서 대부분의 사람들은 이 동심을 상실하고 만다. 정오를 지나 그림자가 길어지듯이 중년 이후의 삶은 그림자(Shadow)가 길어지는 시기라고 한다. 심리학에서 그림자는 내면의 부정적 에너지에 해당한다. 동심을 잃어버리면 사회적 자아로 살아가면서 받은 상처와 억압, 고통, 수치, 분노 등이 무의식으로 켜켜이 쌓인다. 기계화된 삶을 살아가도록 요구하는 사회 시스템 속에서 이러한 현상은 필연적이다. 원형적인 에너지를 모두 소진하고 내면은 극도의 피로감에 시달린다. 황폐화된 내면을 치유하고 온전한 자아를 되찾으려는 전일성의 추구는 원형적인 에너지인 동심을 회복하는 것과 맞닿아 있다. 이사철 시인의 시를 읽으며 '동심여선(童心如善)'을 떠올린 것은 세계와 사물을 바라보는 그의 시선에 동심이 자리 잡고 있기 때문이다. 『눈의 저쪽』은 어린이의 천진성에서부터 불교적 사유, 삶에 대한 성찰, 현대사회를 살아가는 불안한 자아의 단면, 고통을 대면하는 모습까지 다채로운 세계를 구축하면서 내면의 자화상을 그리고 있다.

엄마

윤슬에 빛나는 시냇물입니다

앞니 빠진

갈가지

웃음소리 들립니다

—「패랭이꽃」 전문

　'엄마'는 한 인간에게 있어 최초의 언어이며 최초의 세계이다. 세상의 모든 아기들은 엄마를 통해 세계와 만난다. 엄마라고 부르는 그 목소리에는 유년의 시간과 공간과 언어가 담겨 있다. 유년은 기억의 물결 속에서 영원한 윤슬로 존재한다. 사전적 의미로 '윤슬'은 햇빛이나 달빛에 비치어 반짝이는 잔물결이지만, 이사철 시인에게 윤슬은 내면에서 여전히 반짝거리면 빛나는 유년에 대한 객관적 상관물이다. "앞니 빠진 갈가지"는 전래동요로 이 빠진 아이를 여럿이서 놀릴 때 부르는 노래이다. 골탕 먹이거나 괴롭히기 위한 것이 아니라 노래로써 이 빠진 두려움을 함께 극복해가는 심리적인 의미가 있다. 그러기에 웃음소리가 존재하는 것이다. 엄마도 아이도 시냇물도 조그맣고 애잔한 패랭이꽃도 모두 윤슬처럼 반짝거린다. 훼손할 수 없는 빛이 여기에 있다. 이사철 시인의 마음에 살고 있는 내면의 아이, 즉 시적 자아가 바라보는 세계는 영롱한 빛으로 물들어 있다.

햇빛이
나뭇잎 사이에서
살랑
꼬리치고 숨는다

바람이
가만있는
사람
툭 건드리고 도망간다

—「설레임」 일부

　반복되는 일상과 무감각에 길들여지면 세계는 더 이상 신비하지 않게 된다. 그러나 호기심이 가득 찬 아이의 눈망울로 보면 세상은 술래잡기 놀이터처럼 사물들은 저를 잡아보라는 듯이 말을 걸어오고 숨는다. 전체를 다 볼 때보다 그 일부를 눈치 채고 따라가는 것은 설렘과 활기를 유발한다, 세상이 주입한 가치나 사고방식이 아니라 자신만의 가슴으로 느끼고 발견하는 일은 아무리 사소한 것이라도 그 자체가 의미 있는 아름다움이다. 지금 시적 자아는 "꼬리치고 숨는" 햇빛과 "툭 건드리고 도망"가는 바람과 술래놀이 중이다. 시인 안에 있는 아이는 『그리스인 조르바』의 주인공 조르바와 닮았다. 우리가 타성에 길들여져 예사로 넘기는 것들이 그에게는 수수께끼로 다가

오던 것처럼 말이다. 조르바는 흔해빠진 사물이나 사람을 대하면서도 "대체 저 신비의 정체는 무엇일까요?"라고 묻는다. 꽃 핀 나무 한 그루에도, 포도주 한 잔에도, 냉수 한 컵에도 그는 경이로움을 가지고 있다. 이사철 시인 역시 우리 주변의 사소하고 자잘한 것들을 무구한 눈빛으로 바라봄으로써 독자로 하여금 그 존재의 아름다움을 발견하도록 만든다.

아이 입으로 오는 봄은 달콤하다네 콧물 흘러내리면 '쪽' 하고 빨아먹어도 된다네 팔소매로 닦아도 말리는 사람 없다네 여기에서만은 그래도 된다네 신들도 그렇게 하고 갔다네 키 작은 담장 위에서 봄이 등 뒤에 숨은 단발머리처럼 웃는 모습 냉이 꽃 같아 좋다네

—「라온하제」일부

위 시를 읽고 있으면 따뜻하고 평화로운 영상을 보는 느낌이 든다. 자연이 저절로 자신의 본성을 드러내듯이, 그것이 자연스러움이듯이 아이들은 여전히 자연과 연결되어 있다. 시인은 냉이꽃 같이 소박하고 천진한 아이들의 모습을 통해 신(神)을 보고 있다. 이 시를 읽으며 온갖 자극에 시달렸던 우리의 감각이 편안해지는 까닭은 마음의 원형이라고 할 수 있는 천진무구의 동심이 우리의 마음을 치유하고 있기 때문이다. 물신의 숭배로 종교는 타락했고 사람들은 더 이상 신성한 것을 추구하지 않

는다. 그러나 신성은 밖에 있지 않고 바로 우리의 내면에 있다. 그 신성을 발견하고 자신의 영혼을 보려는 자는 자아의 깊이로 내려가야만 한다. 그 시발점은 바로 아이의 마음이다. 『신화로 읽는 남성성 He』에서 저자인 로버트 존슨은 '내면의 바보'를 강조한다. 자신 안에 존재하는 순진하고 어린아이 같은 부분이 삶으로 들어와야 현대인은 치유될 수 있다는 것이다. "그 놈,/ 노란지폐 마당에 다 흩어놓고/ 똥만 한 버럭 싸고 갔네"(「가을」)라는 구절을 읽으며 우리는 그냥 너털웃음을 짓게 된다. 그 순간 경직된 마음은 무장해제 되는 것이다. 이러한 천진성과 동심여선은 사물에 대한 분별심을 뛰어넘는 불교의 선과도 맞닿아 있다.

내 피를 빨아먹은 모기를 숯불에 구워먹는

목구멍에서 목탁소리 들린다

부처님의 내밀한 살점이다

— 「보시」 전문

모기를 숯불에 구워먹는 엽기성은 분별심이라는 고정관념을 깨기 위한 하나의 장치이다. "내 피를 빨아먹은 모기"는 나와 관계를 이루고 있는 하나의 타자이다. 그 타자와 내가 일체가 되는 것은 "먹는다"는 원초적인 행위를 통해 이루어질 수 있다. 과거 원시사회에서 식인풍습을 지녔던 부족 역시 그 행위의 의미는 대상과 자아가 합일되는 의식이었다. 시적 자아는 모기를 먹고서 그 순간 깨닫는다. 그 모기가 "부처의 내밀한 살점"임을 말이다. 돈오돈수이다. 깨달음은 경전에 있지 않고 오직 행위에 있을 뿐이다. 모기가 보잘 것 없고 무상한 세계라면 부처는 장엄과 진리의 세계이다. 그러나 이 두 세계는 따로 분리된 것이 아니라 하나인 것이다. 삼라만상이 모두 중생인 동시에 부처이다. 하찮음 속에 위대함이 들어있다는 역설은 어떤 장황한 설명이나 언어의 기교로는 표현할 수가 없다. 오히려 언어를 최대한 버리고 여백을 가짐으로써만 가능하다. 이사철의 시에는 여백이 넓다. 독자들은 그 여백을 음미하면서 사색의 시간을 가질 수 있다. 과부하에 걸린 듯 빼곡한 언어들이 현대시의 한 단면이다. 언어와 언어 사이에서 독자가 느긋하게 해찰하거나 서성거릴 틈이 없다. 독자들이 피로감을 느끼는 이유 중의 하나이다. 그러나 이사철 시인의 시들은 이런 사유의 해찰 공간을 독자에게 제공한다. 기교나 현란한 수사를 벗어버린 담백한 그의 언어는 천천히 음미해야 하는 차의 맛과도 같다.

소가 소를 들여다보며 물을 마십니다

소에 소의 눈이 비칩니다

하늘도 소에서 소를 쳐다봅니다

소는 소가 되었다가 소가 되기도 합니다.

ㅡ「소소」 전문

　위 시는 얼핏 보면 단순함과 투명성을 지니고 있는 것 같지만 불교적 깊이를 느끼게 하는 작품이다. 선 수행의 단계를 나타낸 '심우도'에서 소는 진리이자 본성을 의미한다. 소가 소를 들여다보는 행위는 자신의 본성을 바라보는 행위이다. 또한 소는 소(牛)이면서 소(沼)로 동음이의어가 될 수 있기에 암시성은 더욱 풍요로워진다. 바라보는 주체와 바라보이는 대상은 서로 분리되어 있는 것 같지만 하나의 존재이다. 현상과 본질은 다름이면서 같은 것이다. 지식이나 합리성 혹은 효율성에 매몰된 사고방식으로는 우리의 삶이 감추고 있는 비의를 발견할 수 없다. 욕망으로 의도한 행위, 특히 무엇인가를 잡으려고 하는 집착이야말로 "이마만 시퍼렇게 멍이"(「헛손질」) 드는 일임을 시인의 통찰을 통해 공감하게 된다.

2

　언어는 곧 그 사람 됨됨이라고 한다. 동양의 언어관은 사람과 언어를 일치시킨다. 언어는 기교나 수사가 아니라 마음을 드러내는 것이라고 본다. 이사철 시인의 언어도 자신을 진솔하게 드러내며 삶을 성찰하고 있다. 현란한 수사가 나타나지 않는 것도 거짓이나 꾸밈없이 자신과 대면하려는 자세와 연관이 있을 것이다. 그의 언어가 지나친 자극으로 오염되지 않은 것도 내적 진실성을 추구하기 때문일 것이다. 현대의 언어가 지닌 부정적인 면은 언어의 오염이다. 언어가 밤의 네온불빛처럼 휘황찬란하며 말초적인 감각을 자극하는 것은 욕망의 수단으로 타락했기 때문이다. 그러나 이사철 시인에게 언어란 자기준거의 잣대이자 내면을 들여다보는 거울 같은 것이다.

내 눈알을 알코올에 헹구러 가야겠다
도수 높은 술독에 담가서

세상 못 볼 것을 다 본 내 눈알에게
다시는 고개를 돌리지 말고 한눈팔지 말라고
엄하게 나무라고

마지막으로 천일염에 푹 절여야겠다
못도 박아둬야겠다

돌리지 못하게

굴리지 못하게

— 「곁눈질」 전문

　자의적이든 타의적이든 세상에 물들어가는 게 삶의 과정이다. 물들어간다는 것은 세상의 욕망에 나를 맞추는 것이다. 우리는 살면서 얼마나 수없이 곁눈질을 하는가. 나를 타인과 비교하면서 타인의 욕망을 내 것으로 착각한다. 타인의 욕망을 모방하는 것이다. 그토록 열렬하게 추구하는 것이 나의 내면에서 솟아나온 것이 아니라 타인의 욕망을 흉내 낸 것이다. 결국은 자신을 상실하면서 말이다. 우리들 대부분은 이것을 의식조차 하지 못하고 살아간다. 요순시대의 현인(賢人) 허유는 세속의 이야기를 듣고 자신의 귀를 영수의 물에 씻었다고 한다. 시적 자아 역시 세속의 욕망과 직결되는 "눈알"을 헹구고자 한다. 그것도 안심이 안 되어 천일염으로 절이고 못으로 박아두려는 것이다. 가혹할 정도로 자신에게 준엄한 것은 세상의 잣대가 아니라 자신의 잣대로 오롯한 삶의 주인으로 살겠다는 의지 때문이다. 시인의 내면에는 어린이 같이 천진난만한 얼굴이 있는가 하면 이렇게 자신의 욕망에 못질을 쾅쾅 해대는 수도승 같은 얼굴도 있다.

　내성천 돌아 도산서원 거기 선생님 계셨네 주무시던 방도 있었네 그건 관이었네 거기서 밤마다 옷 갈아입는 연습하셨네 나도 한

번 내성천 베개 삼아 누워보고 싶네 천 원짜리 품을 때마다 그 감
옥 속에 눕고 싶네 관 뚜껑 못 박기 전 지는 노을 그물그물 허리
에 감고 선생님처럼 여여하고 싶네

―「처소」 전문

방은 한 인간에게 가장 내밀한 삶의 공간이다. 그런데 시적
자아는 방을 "관"이라고 생각한다. 시적 자아에겐 방이란 삶의
공간인 동시에 죽음의 공간인 것이다. 생사일여(生死一如)라는
말처럼 삶과 죽음이 하나로 통합되고 있다. 이러한 인식은 허
무주의가 아니라 더욱 치열하게 이 세계를 통과하려는 시적 자
아의 열망으로 해석할 수 있다. 죽음 앞에서 인간은 단독자로
서 고독해진다. 그 고독을 통해 자아의 진정한 모습을 대면한
다. 인생에서 가장 긴 여행은 자신에게 돌아오는 것이며 자신을
만나는 것이다.

천천히 걸어라 더 천천히 걸어라 영혼 없이 걸어라 어깨 축 늘
어뜨리고 앞만 보고 걷다 보면 학교가 보이고 교문이 보이고 교
실이 선생님이 급우들이 책상이, 가방을 벗는 순간 사라진 영혼이
헉헉거리며 돌아와 네게 가장 너른 벌판이나 절벽 위에 홀로 서
있다는 것을 알려 줄 것이다 시위는 정직하지 않을 수 있지만 활
은 정직한 것이다 너의 존재가치와 지각의 이유가 활 속에서 꿈
틀거리기만 하면 되는 것 아니겠느냐 천천히 걷고 또 천천히 걸어

라 그리고 지각하라 그러면 새로운 천년이 오고 지각한 너를 만
날 것이다

경쟁사회에 살고 있는 우리는 늘 남보다 앞서려고 달린다.
달리지 않으면 낙오자가 된다고 생각한다. 무엇을 향해 달리는
지도 모르면서 남이 달리니까 덩달아 달려야 한다. 그러나 시
적 자아는 천천히 걸으라고 속삭인다. 누군가를 따라잡고 우
위를 선점하려는 욕망의 속도가 아니라 자신의 내면을 탐색하
는 영혼의 속도로 걸어가기 위해서다. 욕망은 질주하지만 영혼
은 걷는다. 영혼은 "가장 너를 벌판"으로 상징되는 광활할 수
평적 넓이와 "절벽 위에 홀로"로 상징되는 심연 같은 수직적 깊
이를 우리에게 보여준다. "지각한 너"는 전인적인 고유성이자
정체성이다. 그것을 만나기 위해서 우리는 삶이라는 여행을 하
고 있지 않은가. 실은 모든 존재들이 시간 여행자로서 이 세계
에 왔고 위대한 여정을 하고 있는 것이다.

3

현대사회의 징표 중에 하나가 위태로움과 불안이다. 불안은
이제 생활의 일부가 되었다. 어느 누구도 이 현실에서 자유롭지

못하다. 이사철 시인도 내면의 분열을 겪고 있는 현대인의 초상을 그리고 있다.

창살 너머가 눈의 저쪽이다 노란색에 붉은색이 겹쳐져 있는 외투를 걸친 58병동이라는 표찰도 저쪽이다 간간이 돌쩌귀가 삐거덕거리는 것을 빼고는 누구도 그 속에서의 존재감을 인정받을 수 없다 살갗은 검고 휘어져있다 바람이 불규칙하게 불어와 뼈는 차갑고 무겁다 정지된 구름이 하늘을 짓누르는 날에는 울먹이고 싶어져도 참아야 한다 눈의 저쪽에 우리 집 힘센 사람이 세 들어 있고 내가 그 옆을 배회하고 있지만 이 사실을 아는 사람은 전기톱으로 무엇이든 그어대는 여자뿐이다…(중략)… 놀란 아내가 방바닥을 기어 다니다 밖으로 나가면 나는 오늘 몇 알의 알약을 먹어야 하는지를 생각해 본다 하루에 한번 벽을 향해 물구나무 서는 것도 잊지 않는다 그러다 먼 산을 물끄러미 바라보면서 사람에게도 거꾸로 선 그늘이 있다는 것을 알 듯 말 듯 하다가 그림자와는 어떻게 다른지 구분할 수 없을 때쯤 멈칫, 멈칫, 노을 속으로 걸어 들어가는 첫 번째 사내가 되어본다

— 「눈의 저쪽」 일부

이상의 날개와 흡사한 분위기를 띄고 있는 이 작품은 시적 자아의 분열증상을 느끼게 한다. 현실과 그 현실 너머의 세계가 혼동되어 시적 자아가 머문 공간과 '눈의 저쪽'으로 지시된 공간이 물리적인 공간인지 의식의 공간인지도 모호하다. '나'로

지칭되는 시적 자아 역시 정상인지 비정상인지 판단하기가 어렵다. 시적자아의 위치에서 '58병동'으로 지칭된 공간은 저쪽에 있다. 그러나 '나'도 '나의 아내'도 눈의 저쪽에 있다. 유체 이탈해서 '나'가 '나'를 보고 있는 듯하다. 착란이나 환영처럼 말이다. 그 저쪽의 공간은 잔혹함과 공포가 느껴진다. 전기톱으로 상징되는 날카로운 기계에는 비정함을 넘어 생명을 위협하는 섬뜩함이 있다. 공포에 질린 아내는 걷지도 못하고 짐승처럼 기어 다니다 나가버리고 시적 자아는 하루치의 알약에 골몰한다. 비정상적 상황에서 시적 자아는 무기력하며 의지나 의식을 온전하게 갖추지 못한 채 존재하고 있다. 살아가고 있다기보다는 목숨을 연명하고 있는 것처럼 보인다. 물구나무를 선다는 행위는 거꾸로 된 세상을 보는 것과 무관하지 않을 것이다. 의식의 흐름이나 비현실적인 장면은 좀비로 전락해버린 현대인의 모습을 연상시킨다.

28평짜리에서 쫓겨나 21평짜리로 온지 2년이 채 안되었는데
7평이나 양보해줬는데
또 2,000만 원 올려주던지 아니면 나가라고 한다
가진 자의 특권이라나
헌법이 부여한 재산권행사라나 뭐라나
난곡이 재개발되면서 오갈 데 없는 집들이 늘어났다 하지만
숨통이 조여 오고 목구멍에서 피가 선다
쫓기다 보면 아이들은 다 자라 어른이 되겠지만

공동묘지 옆에 움막 짓고
남의 집 시묘 살이 할 날이 머잖은 것 같아 두렵다

― 「드난살이」 일부

집은 단순한 공간이 아니라 생존과 생활을 위해서는 누구나 가져야만 하는 기본적인 공간이다. 그런데 이 최소한의 보금자리마저 위태롭다. "쫓겨나"에서 나타나듯이 자발적인 노마드가 아니라 외부의 조건에 의해 유목민처럼 주거지를 옮겨 다녀야만 한다. 옮겨 다니기보다 쫓겨 다니는 것이다. 이러한 현실 속에서 시적 자아는 "숨통이 조여 오고 목구멍에서 피가 선" 두려움을 느낀다. "공동묘지"는 생존마저 위기에 내몰린 현대인의 현주소지이다. 신자본주의가 양산해낸 물신숭배, 인간 소외, 생명 소외는 우리 영토를 잠식해버렸고 피폐된 삶으로 우리를 여전히 몰아넣고 있다. 시 쓰기는 이러한 물신에 저항하며 우리의 영혼을 지켜내려는 고통스러운 몸짓이다.

4

이사철 시인은 '자화상'에서 소의 이미지를 가져왔다. 소의 일반적인 모습은 우직함이다. 크고 선한 눈망울에 멍에를 마다하지 않고 평생 일하면서도 느긋하고 부지런해 인간의 동반자가 된 가축이다. 죽을 때까지도 죽어서도 주인에게 자신의 모든 것을 내어주는 동물이다. 천성의 우직함으로 살다가는 소의 모습에서 시인은 인간의 길과 시의 길을 본 것이다.

달구지 끄는 소
목덜미에 큰 혹 나있다
아버지도
한때 그러셨다

콧구멍 큰 소
뜨거운 김 몰아쉬며
가다섰다
가다섰다 한다

— 「자화상」 전문

앞에서 살펴본 「소소」가 불교의 선(禪)을 느끼게 한다면 위 시는 온몸을 밀고나가는 실존적 자아의 모습을 느끼게 한다. 멍에를 지고 노역을 하며 살아가는 소에 달린 "큰 혹"은 버릴 수도 뗄 수도 없는 자신의 몫인 고통이다. 그러니까 고통이 몸의 일부인 것이다. 아버지도 그러했고 그 아버지의 아들인 시인의 자아도 그렇다. 가계도를 확장하면 대대로 유전자처럼 물려받은 게 "고통"이라고 할 수 있다. 그러나 고통을 거부하지 않고 뜨거운 김을 몰아쉬며 묵묵히 가는 소는 대지의 생명력과도 맞닿아 있다. 다 순응하고 포용할 수 있는 원초적인 에너지이다. 우리는 소를 통해 만물을 길러내는 대지를 떠올릴 수 있다. 대지는 생명의 어머니이다. 그런 대지와 탯줄처럼 연결된 동물이 바로 소이다. 시인은 그 소에서 자신의 내면 속 자화상을 발견하고 있는 것이다.

꽉 깨물었습니다

놓아주지 않았습니다

진주가 되었습니다

—「고통」 전문

이사철 시인은 고통을 외면하지도 피하지도 않는다. 그것을 놓아주지도 않는다. 북유럽의 신화에 나오는 주신(主神)인 오딘은 지혜의 정령이자 거인인 미미르가 지키는 지혜의 샘물을 마시고자 자신의 한 쪽 눈을 뽑아 미미르에게 바쳤으며, 창을 양쪽 겨드랑이 사이로 찔러 넣어 세계의 나무 이그드라실의 가지에 매달렸다. 스스로 고통을 선택한 것이다. 그 고통을 통해서 온전한 지혜에 이르게 된다. 이사철 시인은 알고 있다. 우리의 존재나 탄생의 비밀이 고통과 연관되어 있으며 시의 탄생 역시 고통을 통해 나온다는 것을. 한 시인의 무게는 고통의 무게이다. 그것으로 하여 진주처럼 영롱한 내면의 무늬를 언어로 만들어가는 것이다. 이사철 시인의 다음 시집이 기대되는 이유가 여기에 있다. ◑

시와소금 시인선 055

눈의 저쪽

ⓒ이사철, 2016, printed in Seoul, Korea

1판 1쇄 발행 2016년 11월 15일

지은이 이사철
펴낸이 임세한
디자인 유재미 정지은
펴낸곳 시와소금
등록번호 제424호
등록일자 2014년 1월 28일
발행 강원 춘천시 충혼길20번길 4, 1층 (우-24436)
편집 서울 송파구 백제고분로45길 15, 302호(홍주빌딩)
전화 (02)766-1195, 010-5211-1195
이메일 sisogum@hanmail.net
ISBN 979-11-86550-32-8 03810

값 9,000원